JEF

Léger Drame en 4 actes

d'Eric CESAREVICH

Acte I

pénombre dans un appartement, un lit à cour, une table de cuisine et deux chaises au milieu de la pièce, à jardin la porte d'entrée, à cour une autre porte, au fond une cuisine et une bibliothèque et au centre une fenêtre de laquelle émane la lumière plus ou moins réelle et intense selon les scènes.
Jef dort profondément dans son lit. On frappe à la porte avec insistance à plusieurs reprises.

Prélude

En pleine nuit, Jef assis devant son ordinateur, verre et bouteille.
noir

scène 1

Pierre

Jef ! Jef !Jef !

Il entre.

Debout tout le monde !

Il soulève la couette.

Jef, *dans son lit*

Hmm.

Pierre

Ah ben, non ! tout seul !

Il va ouvrir la fenêtre, gros puits de lumière.

Jef

Argh !

Il se réfugie sous sa couette.

Pierre

Je te présente le soleil, étoile du système solaire, composée d'hélium et d'hydrogène, d'un diamètre moyen d'1 million 392 684 kilomètres, du latin *sol,* qui signifie astre et...

Jef

Ta gueule Pierre !

Pierre

...Divinité ! Café ?

Jef

Hmm.

Pierre

Avec un sucre ?

Jef

Hmm.

Pierre

Hmm !

Jef

Est-ce que tu es obligé de passer tous les matins à 8 heures ?

Pierre

Miracle ! Il parle ! 8 heures et 3 minutes, en fait, j'ai un peu de retard ce matin. J'ai trouvé une offre qui va te plaire, gardien au musée des Beaux-Arts.

Jef

Il se dresse, précipitamment,
Tu déconnes ! Aïe !

Pierre

Toujours ces migraines ? C'est une bonne planque, c'est pas trop mal payé et ça complétera ce que tu gagnes avec les sketchs pour la radio. Dans ta situation, c'est difficile de refuser.

Jef

Jamais !

Pierre

Pourtant, tu es très intéressé !

Jef

Ah oui ?

Pierre

Tu as envoyé ton CV et ta lettre de motivation et tu as un entretien lundi prochain à 10 heures !

Jef

Satan !

Pierre

Doux Jésus ! Tu as écrit ton dernier sketch ?

Jef

L'ordinateur est allumé. Couché à 5 heures, mais c'est le meilleur que j'ai jamais fait.

Pierre

Il lit, l'air grave.

Très drôle. Bien construit. Le meilleur, oui. Mais Jésus en homosexuel, tu vas t'attirer les foudres de certains !

Jef

Bah ! Ça se tient ! Tu devrais lire le passage de la Cène où Judas découvre qu'il est le seul à aimer les femmes.

Pierre

J'imagine. Je lirai ça cet après-midi, et prierai pour toi... et pour moi pour ce soir. Il faut que j'y aille. Et n'oublie pas, lundi, 10 heures. De toute façon, je t'emmène.

Jef

Je sais pas quoi te dire.

Pierre

Merci ? Non, te fatigue pas ! *Il sort.*

Scène 2

Jef

il relit son texte satisfait, entre rires et sourires, puis d'un doigt magistral, enfonçant la touche du clavier.

Envoyé !
On entend des cris dans l'immeuble au nom de Madeleine.

Madeleine
Elle entre précipitamment pour se réfugier. Elle colle l'oreille à la porte.
Ah ! Il est têtu celui-là ! Madeleine ! Madeleine ! Même pas eu le temps de m'habiller !

Jef
Bonjour !

Madeleine
Euh bonjour ! Oh excuse-moi ! Je suis la nouvelle voisine du dessus !
On entend les cris qui s'éloignent peu à peu.
Chut ! Pas un bruit ! Il approche.
Elle se blottit derrière Jef. Un temps.
C'est bon, il est parti. Jusqu'à la prochaine fois.
Elle se reprend, débit de paroles accéléré.
Pardon, je suis impolie, débarquer comme ça chez toi ! Je suis...

Jef
Madeleine, j'imagine.

Madeleine
Oui c'est ça ! On se connaît ? Ah ! non, je suis bête
« Madeleine ! Madeleine ! » Ah ! Ah ! Enchantée, et toi ?

Jef
Jef. C'était qui ?

Madeleine
Thibaut ! Non, Arnaud ! Euh Timothée ! Oui c'est ça, Timothée !
Pas une semaine qu'on a bu un verre, enfin un verre, tu me comprends, la suite, normale, je t'épargne les détails, plus tard quand on se connaîtra mieux, bon on a couché ensemble, mais rien de sentimental, une petite fellation parce qu'il avait du mal à se lancer, pénétration, là il était bien lancé et depuis il pense qu'on va se marier, c'était sa bible sous le bras, ça avait quelque chose d'excitant, j'aurais dû me méfier. C'est joli Jef !

Jef

On s'est croisés dans le local à poubelles.

Madeleine

Qu'est-ce qu'il faisait là-bas ?

Jef

Non, toi et moi.

Madeleine

Ah oui ? Oh tu sais, je m'attends pas à faire des rencontres dans ce genre de lieux, et puis je me fais discrète avec Arnaud, non Timothée, non Thibaut, oui c'est ça Thibaut !

Jef

Il s'appelait pas Timothée le témoin de Jéhovah ?

Madeleine

Si, si ! Non mais Thibaut, je l'ai rencontré au café il y a deux semaines...

Jef

Epargne-moi les détails.

Madeleine

Si tu veux ! N'empêche on dit que les hommes... mais finalement... non ? C'est... sobre chez toi ! T'es sûr qu'on s'est croisé au local à poubelles ? Non, je rigole ! Il y a beaucoup de livres ici, t'es artiste ? Il fait froid par contre, la fenêtre est fermée pourtant, t'as pas un pull ?

Jef

Faut dire que t'es pas chaudement vêtue.

Madeleine

Me regarde pas comme ça ! On est amis !

Jef

Pardon ?

Madeleine

T'as pas répondu à ma question.

Jef

Euh, laquelle ?

Madeleine

T'es artiste ? Tiens je te pique celui-là, j'adore le bleu, on est fait pour s'entendre ! Confortable en plus, j'ai tant besoin de tendresse, si tu savais...

Jef

J'écris pour la radio.

Madeleine

Ah oui ? C'est chouette ça ! Chroniques ?

Jef

Des sketchs engagés qui passent en fin de soirée sur la station locale.

Madeleine

Non ! C'est toi Jef ! Ah ben oui, Jef et Jef ! Les évangiles de Jef ! J'adore ! Dans l'émission de Pedro, il a une voix ! Il lit tes textes à la perfection !

Jef

Il s'appelle Pierre.

Madeleine

C'est moins glamour mais il doit être beau quand même. A te voir comme ça, on penserait pas que t'es aussi drôle ! Ta rencontre avec Jean-Michel Bagdad, c'était excellent ! T'as quelque chose sous le coude ? C'est ça ? Je peux lire ?

Jef

Euh... Bah c'est envoyé, après le style est facile, il y a quelques lacunes, pas forcément marrant, je sais pas.

Madeleine

Elle lit, l'air grave

Si, si, c'est très drôle. Ça rapporte bien ?

Jef

Je m'en sors pas mal.

Madeleine
Elle regarde l'appartement.
Oui, t'as pas l'air d'être un grand dépensier de toute façon. *Un temps.* Oula ! Il doit être tard, puis je te dérange peut-être, ah c'est tout moi, ça ! En tout cas, je suis super contente de t'avoir comme voisin Jeffy, aller je te fais la bise ! Je te rapporte ton pull, ça te dérange pas ? J'imagine même pas si quelqu'un me voit en sous-tif dans l'immeuble, pour qui je vais passer, moi !
Elle sort.

Scène 2 *bis*

Jef
Il baisse la lumière, met un disque, musique de Dirty Old Town des Pogues, ouvre une bouteille de rouge et commence à se servir, il s'allonge sur son lit d'où il parlera durant toute la scène.
Madeleine ! Madeleine !
Il rit

Madeleine
Elle entre lascive, irréelle.
Il est têtu celui-là ! Même pas eu le temps de m'habiller.

Jef

Et mon pull ?

Madeleine

Pour quoi faire, Jeffy ?

Jef

Madeleine...

Madeleine

On se connaît ? Ah, oui, Madeleine... Madeleine... Pardon, je suis impolie, débarquer comme ça chez toi...

Jef

Rien de sentimental entre nous. Juste...

Madeleine

Tu veux qu'on se marie ? Ça a quelque chose d'excitant le mariage..

Jef

dans le local à poubelles ?

Madeleine

C'est là qu'on s'est rencontrés, non ? J'ai un peu froid, la fenêtre est fermée pourtant, j'ai tant besoin de tendresse...

Jef

Viens je vais te réchauffer !

Madeleine

Oh mon Jeffy !
Ils vont pour s'embrasser.

Noir

Scène 3

Toujours dans le noir. On frappe à la porte

Pierre

Jef ! Jef ! Jef !

Jef

Hmm.

Pierre

Debout tout le monde ! Ah ben, non ! Tout seul !

La lumière se fait en même temps qu'il ouvre la fenêtre.

Jef

Argh ! Un sucre !

Pierre

Je rigole pas Jef, le texte !

Jef

L'ordinateur est allumé, je me suis couché à 5 heures, mais c'est le meilleur que j'ai jamais fait !

Pierre

T'es viré Jef !

Jef

Il se dresse précipitamment.

Tu déconnes ! Aïe !

Pierre

Toujours ces migraines ? Je l'ai lu à la radio hier soir l'histoire de ton Christ gay. Le standard n'a pas arrêté de sonner, insultes, menaces, le patron était hors de lui. Il ne veut plus entendre parler de tes sketchs.

Jef

Tu l'as déjà lu ?

Il vérifie sur son ordinateur.

Ah oui... T'as pas arrondi les angles ? Tu fais ça bien d'habitude...

Pierre

Tu voulais que je me foute dans la merde aussi ?

Jef

T'as bien accepté de le lire, et tu as même dit que c'était le meilleur texte que j'avais jamais écrit. Ou je l'ai rêvé peut-être ? Peut-être...

Pierre

Je l'ai dit pour t'encourager... Et parce que je le pensais aussi... Mais on sait jamais comment les gens vont réagir. Là, tu es allé trop loin.

Jef

Et tu t'es défilé, tu es un lâche.

Pierre

Je me lève le matin pour aller bosser, je dois assurer, moi, je vivote pas en écrivant trois sketchs à la con. Lundi 10 heures, l'entretien, n'oublie pas, tu n'as plus le choix. Et range ici, c'est dégueulasse, bordel !
Il sort

Jef

Non mais oh ! Sur un autre ton ! Dégueulasse, dégueulasse, c'est toi qu'es dégueulasse. A baisser ton froc et à manger dans la main des puissants. Moi gardien de musée, tu peux toujours courir !

Scène 4

Cris dans l'immeuble au nom de Madeleine. Entre Madeleine précipitamment.

Madeleine

Il m'a vu entrer ! Il m'a vu entrer ! C'est sûr !
Elle s'accroche à Jef
Aïe ! Aïe ! Aïe ! *Un temps.* C'est bon, il est parti !

Jef

Bonjour !

Madeleine

Salut Jeffy !
Grosse bise affectueuse sur la joue.
Tiens, je t'ai ramené ton pull ! Ça te dérange pas si je te l'emprunte, il m'a un peu pris de court !

Jef

Thibaut, Timothée ?

Madeleine

Ne sois pas sarcastique ! Ah, j'ai une envie de pisser ! Elles sont où tes toilettes ? On dirait un décor de boulevard ici, c'est vrai dans les décors de boulevard, il y a jamais de chiottes ! A croire qu'ils pissent dans les placards !

Jef

Il indique la porte à cour.
Au fond.

Madeleine

Je vais aller pisser sur la régie ? Non, je déconne !

Elle sort. Voix depuis les coulisses.

Excellent au fait, ton Jésus homo ! T'as eu des retours ?

Jef

Quelques-uns.

Madeleine

Ça m'étonne pas ! C'est grand chez toi ! Tiens, c'est quoi là ?
Ah une porte fermée à clé ! Eh Barbe Bleue, pourquoi t'as fermé la porte
à clé ?

Jef

Les toilettes, c'est au fond.

Madeleine

Oui, mais là, il y a une porte fermée à clé.

Jef

C'est une chambre, je m'en sers pour ranger mes souvenirs.

Madeleine

Et t'as peur qu'on te les vole ?

Jef

Non, j'ai peur qu'ils s'échappent.

Madeleine

Ah ! Oh, ça soulage !

Jef

pour lui même, mais un peu fort
Elle parle aux toilettes ?

Madeleine

Ouais et quand je fais l'amour aussi ! Serviette ? Tu sais à quoi je vois qu'un homme est célibataire ? Pas de serviette pour s'essuyer les mains et pas de sac poubelle dans la poubelle. Bingo.

Ça doit bien faire un an qu'une nana a pas habité ici ! T'es hétéro ?

Elle entre.

Ben t'en fais une tête ! Oh ! Excuse-moi Jeffy, je voulais pas te blesser, ah ! c'est tout moi ça !

Elle entreprend un câlin, Jef va pour lui ôter la main mais finalement se laisse faire.

Jef

Ils m'ont coupé.

Madeleine

T'es juif ?

Jef

Non, à la radio, ils m'ont coupé. Ils ont reçu des menaces, je suis allé trop loin.

Madeleine

Ah les salauds ! Tu vas rebondir Jeffy ! Propose à une autre radio, écris pour un journal, la liberté d'expression, il faut la défendre coûte que coûte !

Jef

La censure est la même partout. Et j'ai plus un rond. J'ai besoin de prendre du recul... J'ai postulé pour un boulot alimentaire.

Madeleine

Un écrivain, si ça n'écrit pas, ça meurt, Jef ! C'est quoi, ce boulot?

Jef

Euh, travailler à la diffusion des œuvres muséographiques, en gardant un œil sur elles.

Madeleine

Gardien de musée ?

Jef

Non, quand même pas !

Madeleine

Ah tu m'as fait peur !

Ils rient

Alors, t'es sans le sou, tu m'avais menti ! Oh, je m'en fous tu sais, la dignité des mecs... Pourquoi tu loues pas ta chambre puisque tu t'en sers pas ?

Jef

Louer ma chambre ? A qui ? Je supporte pas les gens... Tu veux habiter ici ?

Madeleine

Pourquoi pas... Mais, non je rigole ! Tu sais, il y a plein d'étudiants et... d'étudiantes qui cherchent des chambres à louer !

Jef

Et je devrais supporter leur bruit et tous leurs trucs d'étudiants... leurs discours utopiques, la boîte de Mac'Do à la main ? Hors de question !

Madeleine

Mais non, je te trouverai le colocataire modèle, silencieux, rangé, pas d'utopie, l'étudiant le plus chiant du monde ! Mais va falloir ranger ici ! Et mettre un sac poubelle dans la poubelle de la salle de bains, on sait jamais. T'as quel âge ?

Jef

Et puis quoi encore ? C'est hors de question !

Madeleine

Répond à ma question !

Jef

Euh, laquelle ?

Madeleine

T'as quel âge ? Trente-et-un, trente-deux ?

Jef

  Hmm. Trente-cinq. Et toi ?

Madeleine

  Les femmes n'ont pas d'âge. Vous parlez d'elles au passé, vous les subissez au présent, mais nous sommes votre avenir ! Mais trente-cinq, c'est bien, c'est pas trop vieux pour une coloc'.

Jef

  Mais je vis très bien tout seul !

Madeleine

  Aller Jeffy, faut arrêter d'être un ours. T'as vu ce chantier ?
Grosse bise affectueuse sur la joue
  Je te rapporte ton pull ! Grr ! Le sac poubelle, oublie pas !
Elle sort.

Jef

  Non mais oh ! Madeleine ! Je veux pas de colocataire !

Scène 4 bis

Jef

  Tout le monde se fout de ce que je pense !
Il prend la bouteille de rouge et se sert.
  Il y a au moins des choses que je peux décider !
Il regarde le verre.
  Quoi que...
Il va pour mettre un disque, commence à résonner Dirty Old Town.
  Oh non pas encore !
Il change de disque deux trois fois, mais toujours la même chanson.
  Si un jour tu veux passer autre chose, tu me fais signe !

Entre Madeleine.
Madeleine

  Salut Jeffy, je t'ai rapporté ton pull !
Jef

  Tu peux le garder, ça te va bien, le bleu.

Madeleine

Charmeur. Je t'emprunte tes toilettes, j'ai besoin de me refaire une beauté.

Jef

Tu peux pas être plus belle que tu l'es déjà.

Madeleine

Jamais trop belle pour toi.
Elle sort et ré-entre aussitôt, une clé autour du cou.
Raconte-moi tes souvenirs, Jeffy.
Il se mettent à danser sur une vase lente.

Jef

A la fête de l'école, j'étais le roi alors que je voulais être chevalier, tu étais la reine dans ta grande robe rouge, ta chevelure ondulait sur tes fines épaules, et je tenais tremblant ta main douce qui se laissait mener. Puis je t'ai observé en cachette derrière les murs de la cour de récré. Quand on a grandi, je passais tous les matins devant chez toi en espérant que tu me regardes par la fenêtre de ta chambre. A huit heures, même si j'avais pas école. Et quand je t'ai demandé avec mon ton timide si tu voulais qu'on sorte ensemble, tu as rigolé. J'ai appris la guitare, et quand tu sortais ton chien, j'étais assis sur le muret, pas très loin, l'air mélancolique, et tu venais me saluer. Ça te faisait plaisir qu'on se voit. Un jour j'ai appris que je te plaisais, alors je t'ai fait passer un poème en salle de classe, tu m'as répondu que tu avais un copain et que j'avais une grosse carapace. Ton copain est parti vivre loin et on buvait des thés ensemble, alors que je détestais ça. Tu me parlais dans ta langue dont je ne comprenais qu'un mot sur deux. Je sentais un vide en moi toute la semaine, et quand on se voyait le vendredi soir, et qu'on se prenait dans les bras l'un de l'autre, je ressentais une chaleur immense. Et puis un jour, tu as enlevé ton mascara, je ne t'ai pas reconnue et on s'est perdu de vue. On s'est écrit un temps, je t'ai tout déballé, mes sentiments, mes frustrations, et tu répondais en bonne amie, avec la distance et la gentillesse de quelqu'un qui ne voulait pas me froisser ni me perdre. Et puis on s'est retrouvés. Je t'ai écrit « I love You » sur le mur de ta cuisine, et on s'est embrassés. On a fait l'amour en buvant des verres de rouge, au sommet d'une colline, maladroitement et passionnément, avec l'impatience des amants qui savent qu'ils vont se perdre. Pendant un an, on a appris à vivre ensemble, à créer la routine d'un couple jusqu'à l'ennui, jusqu'au moment fatidique où le quotidien se divise en deux et la relation devient un monstre, un tiers que ni l'un ni l'autre ne contrôlions... Mais tu es là ce soir, tu es revenue.

Madeleine

Tu as quel âge maintenant, Jef ?

Jef

Trente-neuf. Presque autant à vivre dans l'illusion de ma vie, à voir dans mes songes de quoi demain sera fait. Ça t'étonne ? Bizarrement, moi rien ne m'étonne, car je sais que tout doit arriver. Ce qui m'inquiète, c'est que je n'arrive rien à voir après la 40ème.

Madeleine

Jef...

Jef

Fais-moi sentir que je ne suis pas un étranger, embrasse-moi.

Leurs visages se rapprochent. Noir.

Scène 5

toujours dans le noir

Voix de Pierre

on frappe à la porte

Jef ! Jef ! Jef !

Jef

Hmm !

Voix de Pierre

Il est huit heures, debout tout le monde !

Jef

Toujours aussi ponctuel...

Voix de Madeleine

Pardon ?

Jef

Pardon ?

Madeleine

Ben ouvre Jef, je vais pas passer la matinée dans le couloir !

Jef

Madeleine ?

Madeleine

Oui !

Jef

Tu frappes à la porte maintenant ?

Madeleine

Ça t'étonne ?

Jef

Un peu...

Madeleine

Bon, tu te dépêches ?

toujours dans le noir, on entend Jef qui avance à tâtons et trébuche dans l'appartement jusqu'à la porte d'entrée.

Aïe... Aïe... Qu'est-ce que ça fout là, ça ?

Il ouvre la porte, puits de lumière

Madeleine

Salut Jeffy ! Tiens ton pull !

Jef

Tu peux le garder, ça te va bien le bleu !

Madeleine

Ah non, sans façon !

Elle se dirige vers la fenêtre sans lui faire la bise, étonnement mêlé de déception de Jef

Que la lumière soit ! C'est quoi ce bordel ? Jeffy ! Je t'avais demandé de ranger ! T'as pensé au sac poubelle ?

Jef

Café ?

Madeleine

J'en étais sûre !

Elle sort un rouleau de sac poubelle de sous son pull, et va dans la pièce à côté, il prépare et boit son café imperturbable. Elle revient, commence à mettre les détritus qui jonchent le sol dans un sac poubelle.

La clé, Jef !

Jef

Quelle clé ?

Madeleine

La clé de la chambre !

Jef

Je vois pas ! Ah ! Celle-ci ?

Il sort une clé de sa poche, il la tend mais ne lui donne pas, jeu du chat et de la souris dans l'appartement

Madeleine

Donne Jef ! Arrête de faire le gamin ! Jef !

Jef

mélodramatique

Non ! mes souvenirs ! Ne me volez pas mes souvenirs !

Madeleine

S'il te plaît, Jef !

Jef

Serait-ce la clé du bonheur ? Je comprends ton hardeur ! Une clé des champs ? Mais que fait-'elle en ville ? Une clé du tourment ? Qui n'ouvre pas une porte sinon mille ! La clé du succès ? A moi me la donner ? Une clepsydre ? Alors là, je dis champagne !

Madeleine

Jef ! Elle arrive !

Jef
il s'arrête net.
Qui ? Quoi ? Ah le sac poubelle ! Tu as osé !
On frappe à la porte, la clé lui tombe des mains, aussitôt récupérée par Madeleine

Scène 6

Madeleine
Vas-y Julie, entre, fais comme chez toi !

Jef
Oui, entre, fais comme chez elle !

Julie
Bonjour, je m'appelle Julie.

Jef
façon Jacques Martin
Bonjour Julie ! Et tu as quel âge Julie ?

Julie
18 ans.

Jef
Elle a 18 ans ! Vous avez entendu ! C'est merveilleux ! Voici la porte Julie, il y a erreur, bonne journée et bon coloriage.

Madeleine
Jef ! Ne fais pas attention Julie, on dirait un ours comme ça, mais... oui, c'est un ours.

Jef
Je n'ai pas demandé à avoir une colocataire. Au revoir, Julie, enchanté d'avoir fait ta connaissance.

Julie
J'ai juste répondu à votre annonce, moi.

Jef

Il n'y a pas eu d'annonce !

Il regarde Madeleine, grand sourire de celle-ci.

D'accord, il y a eu une annonce. Mais j'ai changé d'avis, voilà !

Madeleine

Jef, fais un effort !

Julie

Merci bien, en tout cas. Me faire me déplacer pour rien, c'est pas vous qui payez le train, ça se voit ! Et je vais me faire tuer par mon père :

voix nasillard, imitant son père.

« Julie, si tu trouves pas de colocation d'ici ce soir, tu restes à la maison cette année !»

Jef

Il parle bizarrement ton père !

Julie

C'est parce qu'il fait le boulot qui va avec ! Directeur de musée !

Jef

pris d'une migraine

Aïe ! Ta gueule Pierre !

Madeleine

Ça va Jeffy ?

Julie

Désolée, j'ai dû monter trop haut dans les aigus.

Jef

Non, c'est rien. Directeur du musée des Beaux-Arts ?

Julie

Oui.

Madeleine

Eh ! C'est pas là que tu...

Jef

...vais très souvent, admirer les collections, si ! Si ! Dis, Madeleine, c'est toi qui a la clé de la chambre ? Tu la montres à Julie !

Madeleine

Bien sûr ! Quel revirement, dis-donc ! On va pas y trouver des horreurs, hein Barbe-Bleue !

Julie

C'est vrai, ça ! Il y a deux minutes, vous ne cherchiez plus de colocataire, et je devais aller faire des gommettes !

Jef

Du coloriage ! Tu peux me tutoyer, tu sais ! Non, mais je t'avais mal jugée, et Madeleine m'avait tiré du lit, j'étais un peu bougon ! Mais là, avec le café, ça va mieux ! Je vais m'en refaire un, tiens !

Julie

C'est pas en rapport avec le fait que mon père est directeur du musée, quand même !

Jef et Madeleine

Non !

Julie

Ah ! Bon, on va la voir cette chambre ?

Madeleine

Jef, t'es sûr que ça va ?

Jef

Oui, oui.
Il met de la musique – toujours dirty old town- il s'assoit l'air vague.

Madeleine

Bon...
Les deux femmes sortent à cour.

Bon eh bien voilà, la chambre... Ben Jef, elle est

complètement vide ! Il y a juste un lit ! Et tes souvenirs, les trucs dont tu me parlais ?

Jef
le pull bleu dans les mains
Complètement vide. Exactement comme tu l'as laissée.

Madeleine
Tu dis quoi, je t'entends pas, baisse la musique !

Julie
Elle est très bien cette chambre ! Moi, je la prends.
Les deux femmes réapparaissent

Madeleine
elle baisse la musique
Bon, ben vous m'inviterez à la crémaillère ! Donne-moi ton pull, Jef, je vais le laver.

Julie
Non, laisse, je m'en occupe, la chambre est bien, mais il y a pas mal de nettoyage à faire ici de toute façon !

Madeleine
Puis on est voisines maintenant, on se reverra ! Tu vois Jef, la coloc' que tu cherchais !
Elle sort, grosse bise sur la joue.

Jef
comme subitement réveillé
Madeleine !

Scène 7

Julie
T'es amoureux d'elle ? Ça se voit. Ça me regarde pas mais je pense pas que vous finirez ensemble. Au pire, une partie de jambes en l'air mal faite. Non, je dis ça, mais les hommes quand ils aiment une femme, ils sont tout de suite pédants, ils t'expliquent avec une voix forte que tu les intéresses pas, et puis ils s'enferment dans un mutisme de désespoir parce que tu les crois. Les femmes c'est le

contraire, elles te parlent beaucoup quand elles veulent pas de toi, mais par contre si elles se mettent à regarder tes détails, tes manies en silence avec un léger sourire, là c'est qu'elles t'aiment. Les femmes, elles aiment les hommes presque malgré eux. C'est pour ça que les hommes ils se plantent souvent. Tu vois, là je te regarde, et je pourrais presque te trouver séduisant. Parce que tu te tais. Parce que t'as un regard lointain et une peluche sur ton épaule.
Elle se lève.
Ah mais c'est Dirty Old Town des Pogues, c'est mon morceau préféré, je pourrais l'écouter en boucle! Pas toi ? Ça te dérange si je le mets ?

Musique et noir.

Scène 7 bis
Jef allongé sur son lit, bouteille de rouge à la main.

Jef
Madeleine !

Julie
une clé autour du cou, entre à cour.
Oui, Jef !

Jef
Je te présente Pierre !

Pierre
Bonjour, belle brune !

Jef
Regardez-moi ce vieux pervers !

Pierre
Je suis animateur de radio !

Julie
C'est vrai ?

Jef
la parodiant

C'est vrai ?

Pierre

Animateur, producteur, chanteur...

Jef

facteur, plombier, président de la république...

Julie

C'est impressionnant !

Pierre

Écrivain, aussi !

Jef

Salaud !

Julie

J'adore les artistes !

Jef

J'adore les artistes !

Pierre

Le souvenir parfois ressurgit d'une impasse,
et le diaphragme, las, s'étonne d'un sursaut
une envie oubliée, un reflet sur la glace
ressassent les années qu'on enterre un peu tôt.

Un sourire d'antan vous prend au dépourvu
et le temps soudain sur une page à entête
frémissant d'avenir pour cette fausse inconnue
se répand en chemins qui vous montent à la tête.

Mais les histoires d'alors sont chargées d'horizons
qui survolent le présent sans un regard pour lui
à quoi bon s'émouvoir de ces tristes passions

qui naquirent d'un rien s'effaçant dans la nuit
quand le jour nous inonde de ce que l'on construit
si les chimères sont belles, elles se jouent de nos vies.

Julie

C'est beau !

Jef

C'est de moi ! Ordure !

Pierre

Prend soin de Jef, il est fragile.

Julie

Quel ami tu fais, quel cœur ! Oh ! Pierre !

Jef

Vous avez qu'à baiser devant moi, vous gênez pas !

Acte II

Une salle de musée. Au centre, une statue ultra-contemporaine censée
représenter une vierge à l'enfant,au fond un tableau classique, portrait
du Christ. Une chaise. Blanc aveuglant, presque d'hôpital.

Scène 1
Un groupe de touristes étrangers, autour de la statue, appareils-photo.
Jef est assis.

Jef
litanie

No flash ! No flash, please ! No flash !

Touriste 1

Excusez-moi monsieur ! Où est le toilette ?

Jef

Au fond du couloir à, gauche.

Touriste 1

Merci, monsieur !

Touriste 2

    Excusez-moi monsieur ! Où est le toilette ?

Jef

    Au fond du couloir à gauche...

Touriste 3

    Excusez-moi monsieur ! Où est le toilette ?

Jef

    Non mais vous êtes tous incontinents ou quoi ? No flash !

Touriste 3

    Sorry ?

Jef

    Non, rien. Au fond du couloir à gauche... ensuite à droite, vous montez l'escalier, troisième porte à droite, vous faites demi-tour, deuxième porte à gauche, petit couloir, porte à gauche, à droite, et vous passez par la fenêtre.

Touriste 3

    Euh ! Merci !

Scène 2

Le groupe s'en va, entre le Directeur.

Le directeur
voix nasillarde

    Alors, Monsieur... Jef ? Tout se passe bien ? J'en suis sûr, vous êtes chanceux tout de même ! Vous pouvez contempler toute la journée notre récente acquisition, la Vierge à l'Enfant de Koskovisky, totalement... intemporelle, oui c'est ça ! Et cette critique de la dictature qui émane de la composition, elle émane n'est-ce pas ?

Jef

    Oui, oui, elle émane.

Le directeur

    Bien ! Sa valeur est inestimable, mais l'art n'a pas de prix, ou alors avec beaucoup de zéros ! Monsieur Jef !

Jef
    Oui, oui, tout à fait.

Le directeur
    Alors soyez vigilant ! Et attention, à bien prononcer « no flash ! », je vous ai entendu, vous accentuez mal ! « No flash ! » Répétez.

Jef
    No flash ?

Le directeur
    No flash ! Faites traîner le « a ». Vous n'aviez pas mis que vous parliez anglais sur votre CV ?

Jef
    J'ai appris à l'école, mais on n'utilisait pas de flash à l'époque.

Le directeur
    De flash ! Le « a » qui traîne, et le « sh » plus chuintant, sh-sh, faites sh-sh.

Jef
    Sh... sh...

Le directeur
    No flash !

Jef
    No flash !
Répétition, façon partie de ping-pong, jusqu'à l'épuisement.

Le directeur
    C'est mieux ! Ah, au fait, en discutant avec ma fille Julie, je me suis rendu compte que vous étiez son nouveau colocataire, c'est drôle les coïncidences. Vous savez son âge ?

Jef
    Monsieur le Directeur !

Le directeur

      J'aime mieux qu'elle ne vive pas dans la débauche étudiante, mais vous m'entendez bien.

Jef

      Je serai comme un père pour elle.

Le directeur

      N'en faites pas trop ! « No flash ! »

Jef

      No flash !

Le directeur

      Bien. Je vous fais confiance, ici... et ailleurs...

Il sort.

Scène 3

Entre Pierre.

Pierre

      Ah ! Voilà notre auteur maudit ! Mon dieu, que c'est froid ici !

Jef

      Bienvenu dans mon cercueil. Quelque chose est mort en moi depuis que je suis ici.

Pierre

      Allons n'exagère pas. C'est temporaire. Houla ! Qu'est-ce que c'est que cette horreur ?

Jef

      Koskovisky.

Pierre

      Connais pas. Carrossier, ferrailleur ?

Jef

      Vierge à l'enfant. Inestimable...

Pierre

Ah oui en effet ! Par contre ça, c'est une pure merveille, anonyme XVIème siècle. Hmm.

Jef

Le plus beau portrait que j'ai jamais vu. Les gens passent devant comme si de rien n'était.
T'as vu son regard ?

Pierre

Oui c'est marrant, on dirait presque qu'il est...

Jef

Oui, j'en suis sûr.

Pierre

C'est osé.

Entrent une mère et son fils

La mère

Excusez-moi Monsieur, la Vierge à l'enfant de Koskovisky ?

Jef

Derrière vous.

La mère

Ah oui ! Merci. Tu as vu François-Alexandre ? C'est vraiment exceptionnel. La vierge est un grillage pour l'enfant, mais elle est aussi la patrie-dictature qui enferme le peuple. Et pourquoi l'enfant est-il en coton ?

François-Alexandre

Euh.

La mère

Parce qu'il est comme le nuage rêveur qui fuit la dictature, François-Alexandre ? Mais qu'est-ce qu'on vous apprend à l'école ?

François-Alexandre

Euh.

La mère

Tu comprends maintenant le renversement métaphorique, amour et oppression, c'est tout proprement génial !

François-Alexandre

Euh. A quoi il sert le monsieur, là ?

La mère

A ce qu'on paie nos impôts, voilà en quoi investit la nation ! Des personnes, des assistés, assis sur une chaise, toute la journée, qui vous regardent en gobant des mouches ! C'est bien d'être en vacances tout le temps !

Pierre

Vous avez qu'à le faire !

La mère

Pardon, monsieur ?

Pierre

Ben faites-le ce travail si facile ! A moins que de dire de la merde sur les gens vous prenne déjà trop de temps ?

La mère

Tu vois François-Alexandre, on voit encore les effets pervers de mai 68, viens on s'en va.
Ils sortent.

Jef

Tu sais, j'en ai dix comme ça par jour...

Pierre

T'as raison, c'est un cercueil, cet endroit. C'est de ma faute Jef, je vais te retrouver un contrat pour la radio, faut te sortir d'ici ! Faut que je file ! Tiens bon !

Jef

Hmm...

Scène 4

Entre Madeleine, lumière chimérique

Madeleine

Bonjour Jef.

Jef

Je ne suis qu'une ombre.

Madeleine

Tu es réel pour moi, Jeffy.

Jef

Mais ça veut dire quoi Jeffy ? A quelle intimité est-ce que tu m'attaches avec ce Jeffy ?

Madeleine

Tu es si lointain Jeffy, cette carapace...

Jef

Mais de quelle carapace tu parles ? Je suis à nu ! Tu vois ces deux jambes et ces deux bras ? Je ne rêve que de marcher vers toi et de t'enlacer !

Madeleine

Oui, mais tu rêves, Jef ! Arrête de fuir la réalité, dis-moi simplement que tu m'aimes, mais dis-le à l'autre, pas à moi.

Jef

Je te hais ! Comme toutes les autres femmes ! Sors de mon esprit !

Madeleine

Si je t'abandonne maintenant, tu tomberas, c'est ça que tu veux, tomber ?

Jef

Ça fait trente neuf ans que je tombe ! Abandonne moi à mon trou noir.

Madeleine

Mais de quoi as-tu peur Jef ?

Jef

Je ne sais pas ! De toi !

Madeleine

Prend ma main Jef ! Tu ressens quelque chose ? Non, rien ! Et pourtant, il y a des milliers de femmes autour qui ont des mains douces ou rugueuses, il y en a au moins une qui cherche ta nuque en secret... Touche mes cheveux, que ressens-tu ?

Jef

C'est comme l'aurore, comme un bain qui mousse, non, des draps propres dans lesquels on s'enfouit pour la première fois !

Madeleine

Rien de tout ça, Jef ! C'est du vent. Mais il y a l'autre et ses cheveux gras, et sa bave sur l'oreiller, et son haleine du matin, elle t'attend, elle !

Jef

Je suis l'haleine du vent.

Madeleine

Réveille-toi Jef ! Réveille-toi !

Noir

Scène 5

Jef, endormi sur sa chaise, Julie à ses côtés, un sac à la main.

Julie

Réveille-toi Jef ! Réveille-toi !

Jef

Julie ?

Julie

Ne me regarde pas comme ça ! Je sais que tu es gardien de musée, mon père me l'a dit.
Je ne sais pas combien de temps ça fait que tu dors, j'espère que

personne ne t'a vu !

Jef

Ne dis rien à Madeleine. Elle pense que je suis conservateur, médiateur culturel, ou je ne sais quoi.

Julie

Ah bon ? D'accord, je ne dirai rien. Tiens, je t'ai fait des cookies. Pierre m'a dit que tu adorais ça.

Jef

Tu connais Pierre ?

Julie

Il passe à l'appartement pour voir si tout se passe bien.

Jef

Souvent ?

Julie

Des fois. Pourquoi ?

Jef

Pour rien.

Julie

Tu ne veux pas de cookie ? Je t'en prends un. Oh !

Jef

Koskovisky... Ça va pas ?

Julie

Je sais pas... je me sens pas bien.

Jef

C'est le grillage ? Ou t'es allergique au coton ?

Julie

Je sais pas.

Jef

Assied-toi, il manquerait plus que tu fasses un malaise, ton père penserait que c'est de ma faute. T'avais raison, il parle bizarrement. *Elle s'assoit, pendant qu'il parle, elle le regarde, façon « peluche sur l'épaule ».*

Scène 6

Entre un groupe de visiteurs visiblement peu intéressés en tête duquel une guide.

La guide

Et nous entrons maintenant dans la salle où se trouve la fameuse sculpture La vierge à l'enfant, de Koskovisky. Si vous voulez admirer !

Visiteur 1

On mange à quelle heure ?

Visiteur 2

On devait aller faire les boutiques, j'avais promis que je ramènerais un sac à ma mère !

La guide

Mais c'est prévu dans le programme ! Après Koskovisky !

Visiteur 2

Qu'est-ce qu'elle dit ? On l'entend pas ! Parlez plus fort !

Visiteur 1

C'est dingue, on les paie une fortune, ils sont pas foutus d'articuler !

La guide

S'il vous plaît ! Prenez deux minutes pour admirer cette sculpture !

Visiteur 1

Mais on s'en branle de ta sculpture, on veut faire les boutiques, on n'est pas là pour se cultiver !

Visiteur 2

On a faim !

Visiteur 1

C'est vrai ça, et où sont les toilettes ? Y'a pas de toilettes ici ? A coup sûr elles sont payantes !

Visiteur 2

Ah ! Ça ! Nous les touristes, faut toujours qu'on paie ! Et en plus pour voir des trucs qui nous intéressent pas ! On veut voir des trucs comme chez nous, vous comprenez ! Kosokvisky ! C'est même pas français, ça ! Si je veux aller en Roumanie, je prends un charter ! On est envahi de toue façon ! Et on vous paie, vous articulez pas !

Visiteur 1

En plus, on devait venir hier, mais c'était fermé ! Non mais fermé un dimanche, vous vous rendez compte ! On sait nous accueillir !

La guide

Mais ils ne travaillent pas le dimanche, vous ne travaillez pas le dimanche non plus, c'est un droit !

Visiteur 2

Aux chiottes les droits ! Encore heureux qu'on travaille pas le dimanche, comment on fait pour voir notre famille après ?

Visiteur 1

C'est pas pareil d'abord, vous, vous travaillez dans le tourisme, c'est même pas du travail, vous êtes toujours en vacances !

La guide

Mais enfin !

Jef

Si vous permettez, laissez-moi vous présenter ce magnifique tableau, un portrait du Christ datant du XVIème siècle.

Visiteur 2

Vous êtes qui, vous ?

Jef

Le directeur.

Julie manque de s'étouffer avec un cookie.

Visiteur 1

Ah monsieur le Directeur ! Instruisez-nous de votre science !
Plutôt que de subir cette horreur, probablement une création d'un
communiste soviétique, vous me comprenez !

Visiteur 2

Oui ! Revenons à nos valeurs chrétiennes ! Françaises,
pardon !

Jef

Ce Christ transfiguré a probablement été peint autour de 1520.

Visiteur 1

Charmant.

Jef

L'ultra-réalisme du trait renvoie d'une façon très moderne à
toute l'humanité du personnage.

Visiteur 2

Poignant !

Jef

Le coup de maître réside dans l'œil, son éclat, vous comprenez,
n'est-ce pas ?

Visiteur 1

Oui ! Non... Quoi ?

Jef

Le Christ est pd !

La guide

Oh mon dieu !

Visiteur 1

Comment osez-vous ?

Visiteur 2

C'est une honte !

Jef

Enfin, voyons ! C'est clair ! Ne me dites pas que vous n'avez jamais lu la bible ! Les derniers seront les premiers... La cène où il est entouré d'apôtres, que des hommes... Sa mère qui invoque le Saint-Esprit pour ne pas nuire à la virilité de son mari... Il rompt le pain... le pain, merde !... Et les Grecs ne sont pas si loin !

Julie

On dirait le sketch que tu as écrit pour la radio !

La guide

De quel sketch parlez-vous ?

Julie

Ben ! Des Évangiles de Jef !

La guide

Ah, c'est vous ? C'était épatant ! Dommage que ça se soit arrêté ! Mais vous n'êtes pas le directeur, alors !

Visiteur 2

Je vous avais envoyé une lettre d'insultes ! Je ne l'avais pas écouté, heureusement !

Visiteur 1

Moi je l'avais écouté en entier, mais seulement pour savoir jusqu'où pouvait aller la bêtise humaine !

Visiteur 2

Nous allons nous plaindre au vrai directeur ! Où est son bureau ?

Jef

Au fond du couloir à gauche !

Visiteur 1

Bien !

Les visiteurs sortent

La guide

Mais non, pas par là ! Revenez !

Visiteur 2

Vous vous croyez malin ?

Ils repartent dans l'autre sens.

La guide

Attendez !

Elle sort

Visiteur 1

qui passe de bout en bout de la scène

Personne n'a une pièce de 50 centimes ?

Julie

Jef ! Je vais aller parler à mon père !

Elle sort.

Scène 7

Entre Madeleine

Madeleine

Eh ben ! Ça bouge ici ! Salut Jeffy !

Elle va pour lui faire une bise sur la joue, il l'esquive

Ah ?

Jef

Ah quoi ?

Madeleine

C'est d'être gardien de musée qui te rend aussi irascible ?

Jef

Moi, gardien de musée ? Tu rigoles !

Madeleine

C'est un boulot comme un autre après tout...

Jef

Je faisais l'inventaire.

Madeleine

Puis ça prend du temps dans cette salle ! Allez Jeffy ! C'est pas grave on me l'a dit.

Jef

Qui ?

Madeleine

Ton pote Pierre, Pedro de la radio, tout de suite j'ai reconnu sa voix !

Jef

Salopard ! J'en étais sûr ! Vous vous voyez ?

Madeleine

Ben oui ! A ton appart'.

Jef

Souvent ?

Madeleine

Très régulièrement... Ça va, tu te calmes, Jef ! C'est quoi cette fierté ? T'as honte de ton travail, si tu savais ce que je m'en fous... t'essaies de me prouver quoi ? Et t'es jaloux de ton ami maintenant ?

Jef

Je sais que tu t'en fous de moi.

Madeleine

Mais quel mioche ! Je te trouve une colloc', je viens te voir, t'es toujours en train de faire la tronche ! Tu m'aimes, c'est ça ?

Jef

Tu crois que t'as tous les hommes à tes pieds ? Et c'est moi qui suis fier ? Arrête un peu !

Madeleine

Ok ! Ben, souris alors ! En plus je venais t'annoncer une bonne nouvelle !

Jef

Vas-y, je suis paré.

Madeleine

Je l'ai trouvé, c'est le bon.
Elle le prend dans ses bras.

T'es fier de moi ? Comme ça, j'ai plus tous les hommes à mes pieds ! Non, mais j'aime bien faire l'amour juste comme ça, mais avec lui c'est pas pareil... C'est dur à expliquer... quand je suis avec lui, je pense plus aux autres mecs, je le trouvais un peu jaloux au début, mais ça m'attendrit finalement, c'est rigolo de se sentir appartenir à quelqu'un, il est pas violent, attention ! Mais il est ferme et il sait ce qu'il veut, quand on s'engueule, on a l'impression d'avancer, et c'est encore plus torride après. Tu vois bien les mecs d''habitude ! Ils te regardent comme si t'étais une image d'Épinal, enfin une page de Play-boy, lui j'ai l'impression qu'il perce mon âme avec une sorte d'indifférence, il est beau dans la vie, sûr de lui, mais je sens que je suis nécessaire dans ses moments de solitude ! Olala, je mélange tout, tu dois avoir du mal à me suivre ! C'est ça alors l'amour Jeffy ?... Faudra que je te le présente ! Je suis sûr que vous pourriez bien vous entendre ! T'es heureux pour moi, Jeffy?

Jef

Je suis jamais heureux.

Madeleine

C'est parce que t'as pas encore trouvé la tienne... Eh, tu sais que, bon ça me regarde pas, mais je crois que la petite Julie... Oula ! Quelle heure il est ? En plus tu vas pas tarder à fermer ! Je te laisse finir ton inventaire ! Mais non, je rigole ! Aller, je t'aime mon gros ours ! On se voit ce soir !
Elle sort.

Scène 8
lumière surréaliste, musique dissonante

Jef

il regarde la statue de Koskovisky.

Tu sais que t'es belle, toi ? Jamais un homme ne t'a touché ? C'est vrai ? Ça te dit pas d'essayer ? Ah oui pardon, il est là !
Il prend les morceaux de coton et les disperse sur la scène.

Vas-y mon enfant, va voir le monde ! T'en auras vite fait le tour, tu sais ! Fais-toi léger, que rien ne t'atteigne ! Je suis l'haleine du vent ! Vole ! Quelles sont tes attaches ? Répond ! Je ne t'entends pas ! C'est ça, trébuche, face contre terre, c'est comme ça qu'on apprend à grandir ! Je suis aveugle ! J'ai tué mon père ahah ! Foutaise !
A la statue

Et viens toi que je finisse d'accomplir mon pêché !
Il va pour l'embrasser et la fait tomber.

Merde !

Entre Julie puis les autres personnages, qui encerclent Jef, repoussés par Julie tant bien que mal.

Julie

Jef, qu'est-ce que tu as fait ?

La Guide

Koskovisky !

Visiteur 2

Assassin !

Visiteur 1

Violeur !

Visiteur 2

Hérétique !

Le directeur

Vous êtes viré !

Julie

Laissez-le !

Visiteur 1

Brûlez-le !

Visiteurs et Directeur

Brûlez-le !

Jef s'empare du tableau du Christ et s'enfuit.

Visiteurs et Directeur
      Police ! A l'assassin !
Ils sortent téléphoner à la police.

Julie
      Jef !
Elle court retrouver Jef.

Rideau

Scène 9

dehors dans la rue.
Entre Jef, tableau sous le bras, mi haletant, mi satisfait, il éclate de rire.
Entre Madeleine.

Madeleine
      Ah ! Jef, tu es là ! Tout le monde te cherche ! Qu'est-ce qui t'a pris ? Remmène-ça tout de suite ! Il faut que tu te rendes à la police !

Jef
      Personne ne voit la beauté, alors Jef la vole et la garde pour lui ! Ils auront tout oublié demain, ils oublient toujours tout demain !

Madeleine
      Tu délires Jef ! Reviens à toi !

Jef
      Je ne suis on ne peut plus lucide, au contraire ! Assez de toute cette hypocrisie du monde !j'ai trop longtemps essayé de vivre avec, de m'en accommoder en la moquant, en la raillant avec l'ironie, mais écrire ne sert à rien ! Il faut agir ! Tu n'es pas avec ton homme, toi ?

Madeleine
      Quel homme ? Je n'ai que toi !

Jef
il rit
      C'est bien Jef ! Continue de rêver !

Madeleine

Tu ne rêves pas Jef ! Je sais que je suis jeune par rapport à toi, mais je sais que je peux prendre soin de toi, je m'en sens la force, je sens que tu brûles d'une souffrance que tu ne veux pas exprimer, je te vois au quotidien, muet, comme une tombe qui attend d'être fleurie, mais tu es si beau Jef dans ta hargne silencieuse, je sais que tes mains sont douces parce que ton esprit est rugueux... Pourquoi je te dis tout ça, moi... Parce que je suis jalouse de l'autre... Comme tu la regardes...

Jef

Il n'y a que toi depuis le début.

Madeleine

C'est vrai ?
Ils se prennent dans les bras l'un de l'autre, s'allongent, on devine qu'ils commencent à se dévêtir sous le regard du Christ peint.

Noir

Scène 10

Toujours dans le noir

Voix du Directeur

C'est lui Monsieur l'Agent !

Voix de Pierre

Je confirme, Monsieur l'Agent, c'est lui... Aller debout tout le monde !
Lumière

Oups ! ah ben oui, tout le monde !

Jef

Il se relève, on découvre le corps de Julie derrière lui, mal de tête habituel.

Aïe !

Pierre

Double migraine si tu veux, ça va pas te sauver !

Le directeur
Julie !
Jef se retourne surpris.

L'agent
Monsieur, vous êtes en état d'arrestation pour le vol de l'œuvre ici présente, et commis au Musée des Beaux-Arts la nuit dernière. Niez-vous les faits ?
Jef reste figé, regard porté sur Julie
Bien, je vous demanderai de vous lever dans le calme et de me suivre.
Il lui pose les menottes. Et s'adresse à Pierre
Pouvez-vous prendre les habits et les porter à ma voiture s'il vous plaît.
Pierre s'exécute, suivant Jef muet et mains menottées
Pas d'entourloupe hein, je suis armé !

Le directeur
à Julie
Toi, tu ne rentres plus à la maison !

L'agent
qui prend le tableau, et se met à l'observer tout en sortant suivi du Directeur
Il est fascinant ce tableau ! Le regard, vous ne trouvez pas ?

Le directeur
Ah ?
L'agent
Si, il a quelque chose de... de profondément humain !

Rideau

Acte III
Appartement de Jef, très propre, fleurs dans des vases

scène 1

Le rideau s'ouvre sur une musique rythmée des années 80, Julie et Madeleine, dansent en faisant le ménage, à la fin de la musique Pierre entre, papier à la main et va s'allonger sur le lit

Pierre,
*l'air grave obligeant les filles à changer d'attitude entre gêne et
agacement*

Cela fait déjà un mois que je rumine dans ma cellule, le soleil me tend
son bras à travers les barreaux et comme un con j'essaie de l'attraper.
Ici ma folie peut s'exprimer tranquillement, elle n'a que ces cinq minutes
de répit lorsque j'entends la voix de Pedro dans le transistor qui vous lit
mes états d'âme. Ironie du sort. Il paraît que je suis presque plus célèbre
et apprécié maintenant, maintenant que je ne peux plus en profiter...
Le reste du temps, ça tambourine dans ma tête et je me vois revenir
chez moi...

Jef entre, les personnages exécutent bon gré mal gré la vision de Jef

Je frappe à la porte, c'est Julie qui ouvre, non Madeleine, non Julie, en
fait Madeleine n'est pas là, Julie est triste, très triste, vraiment effondrée,
de façon métaphorique j'entends, d'une tristesse mêlée de joie, je la
prends dans mes bras, je la serre très fort et je m'excuse pour cette
absence, elle me dit que ce n'est rien, mais je vois au désordre dans la
pièce, aux assiettes qui traînent sur la table qu'elle s'est laissée aller
pendant tout ce temps. Elle s'assoit, comme éreintée sur la chaise... la
bleue, et je lui prends la main, je vais pour l'embrasser, elle me tend... la
joue, et je lui dépose le baiser d'un frère qui est parti trop longtemps.
C'est alors qu'arrive Madeleine, comme d'habitude, précipitamment, elle
fait de grands gestes pour m'expliquer qu'il y a un homme au dessus,
c'est son petit ami, un chinois, non un africain, eurasien peut-être, tout
ce qui a de plus banal, assez corpulent et qui boîte, le genre de type qui
lui correspond pas du tout, bien qu'il soit un peu arrogant comme elle par
moments...
Elle a mon pull... Mais dans mon rêve il n'est pas bleu mais rouge, ou
plutôt vert, oui, vert c'est ça ! Non je dis n'importe quoi ! Il est bleu,
évidemment.

Julie, ma petite sœur d'adoption, va me chercher une bière, un sourire illumine son visage, celui des personnes qui vivent pour rendre service, et pendant ce temps, j'invite Madeleine à s'asseoir sur le lit.

Pierre se retrouve entre les deux
C'est à ce moment que je sens une présence qui m'empêche de vivre pleinement l'instant, ma timidité ou ma crainte sans doute, la peau douce de Madeleine est tout à coup rugueuse, son parfum délicat devient plus épicé, animal, je n'ose plus la toucher,
Julie le prend par la main et le pousse à jardin coin-chambre
Cette présence me pousse dans le couloir de la chambre, cette chambre vide de souvenirs où le temps s'est arrêté, que vais-je y faire, je ne sais pas, je me réveille face au néant.

Madeleine reste un temps regarder Pierre qui la regarde fixement le texte fini.
Scène 2
devant le rideau, une barque deux hommes assis, Jésus debout.

Jésus
Bon, les mecs je me lance !

Homme 1
Mais c'est pas possible ! Tu vas te noyer !

Homme 2
Olala ! Je veux pas voir ça !

Jésus
Mais vous inquiétez pas ! Je vous dis que je peux le faire !

Homme 1
Tu viens de manger, c'est super dangereux !

Jésus
Du pain sans levain, ça va pas me faire gonfler !

Homme 2
Mouille-toi la nuque au moins !

Jésus
Bon j'y vais ! Ouh ! Elle est pas chaude !

Homme 2
Olala ! Je veux pas voir ça !

Homme 1
Il marche !

Homme 2
Beau gosse !

Jésus
Quand je vous disais qu'il fallait me croire ! Hommes de peu de foi !
Il fait deux-trois pompes.

Homme 1
Musclé en plus !

Homme 2
On est un peu serré dans cette barque, non ?

Homme 1
Bof, ça va ! C'est ton bras que je sens, là ?

Jésus
Bon, c'est bien beau de faire trempette, mais faut qu'on rentre !

Homme 1
Ça te sert à quoi de savoir faire ça ?

Jésus
Ça te sert à quoi de poser la question ?

Homme 2
Eh mais t'as du sable sous les pieds !

Homme 1
Y'a un banc de sable !

Jésus
J'ai prié très fort, et la terre est apparue !

Les 2 hommes
Gloire à toi !

Jésus
Bon aller, on va pas passer quarante jours ici non plus, qui veut tenir la barre ?

Scène 3

Pierre
Trois mois, jour pour jour, que mes pas dessinent une rosace dans cette cellule carrée pour tromper la monotonie de celui qui devrait normalement tourner en rond. Trois mois que je répands mes mots au dehors comme des colombes meurtries, des bouteilles pleines d'un vin rance qui coulent dans la mer, un océan d'attentes et de regrets. Des fois je pense à Calderón, et je me vois, vêtu d'une peau de bête, les fers au pied, prince qui s'ignore, pensant que tout cela n'est qu'un songe. Tout ceci est absurde. J'ai passé ma vie à vouloir sans jamais oser obtenir, j'ai chéri l'avenir et dédaigné le présent et maintenant, me voilà emprisonné dans le présent sans être capable d'envisager l'avenir…

Alors je m'évade un instant, toujours cet instant où je rentre à la maison...

Jef frappe à la porte, Madeleine et Julie à table.

Atmosphère de recueillement. Madeleine et Julie peuplent la solitude de cet appartement, elles écoutent *Dirty Old Town* en boucle, ce disque qui n'a jamais quitté la chaîne hi-fi, un hommage en forme de litanie à celui qui a abandonné les lieux précipitamment, les condamnant au désarroi le plus total. Elles sont plongées dans leur lecture, Julie, studieuse, prépare ses examens, une pile de livres à côté d'elle, Madeleine, s'enivre des poèmes de Baudelaire... Alors j'entre discrètement, sans me faire remarquer, et je prends plaisir à redécouvrir chaque objet et chaque recoin. Rien n'a bougé. Rien ne bouge.

Je décide finalement de signifier ma présence, je pose ma main sur l'épaule de Madeleine que la surprise submerge. Julie nous regarde amicalement, car elle comprend et se réjouit pour nous. Je leur fais signe de ne pas bouger et je vais leur préparer un thé. L'occasion prêterait plus à partager une coupe de champagne mais cela fait bien longtemps qu'elles n'achètent plus d'alcool. Lorsque je vais m'allonger sur le lit pour profiter du tableau, je me remets à sentir cette présence, celle de l'imposteur... que je suis.

Je ferme les yeux et Madeleine s'approche de moi en susurrant ces quelques mots....

Madeleine
Ces quelques mots.

Pierre
Bienvenu chez toi Jeffy

Madeleine
Bienvenu chez toi, Jeffy.

Pierre
Julie, pour ne pas gêner, part finir d'étudier avec ses livres, dans sa chambre, le regard complice et dit...

Julie
Je te retiens !

Pierre
Amusez-vous bien !

Julie sort, on entend depuis les coulisses un "connard !" net et tranchant.

C'est le moment tant attendu où enfin seuls, nous pouvons nous laisser aller, mais je sens les yeux de la nuit qui nous observent et nous jugent. Je me réveille.

Rideau

Scène 4
A une table, Jésus, Judas qui tient un petit carré avec un trou au milieu pour regarder la scène, deux disciples.

Judas
On devrait pas être plus nombreux ?

Jésus
Le chiffre 13, ça porte la poisse ! Et je sais multiplier que les pains.

Judas
Ça manque de femmes en tout cas, pour un dernier repas… Elle était pas dispo Madeleine ?

Disciple 1
Elle travaille ce soir. Et puis on est bien entre nous, non ?

Judas
Ouais…

Jésus

Bon, je vous épargne le blabla d'usage, on va pas remercier les nuages pour trois radis dans l'assiette... Par contre, faites gaffe, ceci est mon corps.

Il tend une courgette.

La boulangerie était fermée.

Disciple 2

Sacré morceau ! Je peux la prendre ?

Judas

Ben bien ! Tu nous multiplies tout ça, et on bouffe de la ratatouille pour la semaine !

Jésus

Pas de mauvais esprit ! au nom du père et de moi-même ! Je vais maintenant la rompre... Putain ! C'est dur !

Disciple 1

Ah oui ?

Jésus

Ah voilà !

Disciple 2

Aïe ! aïe ! aïe ! ça fait mal !

Jésus

Il sort une bouteille d'eau.

Ceci est mon sang.

Judas

Pas beaucoup de globules rouges !

Jésus
Ils font des contrôles à la sortie. Mais si tu préfères, tu peux te servir un jus d'a...bricot !

Disciple 1
ou un jus d'a...nanas !

Judas
pff…

Jésus
Quelqu'un autour de cette table m'a trahi !

Disciple 1 et 2
Mon dieu !

Judas
Il balance ça comme ça !

Jésus
Quelqu'un qui n'a pas vraiment la foi et qui refuse de s'ouvrir complètement.

Judas
Mais les voies du seigneur sont impénétrables, maître !

Jésus
Mais les vôtres, si ! Aller tout le monde sort son "god" !
Les deux disciples s'exécutent.

Judas
Ah non non non ! Je mange pas de ce pain là. C'est contre ma religion. Aller tchao !

Jésus

Bon ! Les derniers seront les premiers !

Disciple 1, *à disciple 2.*
Tiens, passe devant !

Rideau

Scène 5

Pierre
Pour Madeleine :

Dans ta vérité nue où tes yeux me regardent
où le monde assassin te déchire des larmes
où tout l'or du monde ne saurait te corrompre
où ton rire et ta peau mon cœur entier désarment.

Dans ta vérité belle où tes mains me caressent
où les noirs préjugés te font rugir de haine
mais la faiblesse humaine s'accorde ton pardon
où tes années futures sont aussi un peu miennes.

Dans ta vérité nue où nos corps s'éprennent
où nos mots échangés font fi de l'illusion
où nos pensées croisées comme des pyramides
à chaque jour passé s'élèvent dans la raison.

Dans ta vérité belle où je t'ai aperçue
où décembre un peu tôt succédait à janvier
et mon âme dans l'ambre des amours rêvés
dans ta vérité nue comme un vol d'hirondelle.

Julie, ventre de 6 mois, et Madeleine se sont installées
Julie
C'est toujours les mêmes qui ont le droit aux poèmes ! Ça me gonfle !

Madeleine

J'y peux rien moi, c'est son rêve ! Aller viens ma chérie, repose-toi.
Entre Jef

Pierre

J'entre chez moi, Julie est diminuée, elle a visiblement maigri, mon
absence lui pèse.

Julie

Y'a pas que ça qui me pèse !

Pierre

Elles ont passé ces longs mois avec Madeleine à m'attendre
patiemment, en écoutant *Dirty old Town* en boucle.

Madeleine

Tu nous gonfles avec ton harmonica ! Tu vois ce que j'en fais de ton
disque ! Aller bim, cassé !

Pierre

Qu'il est bon de retrouver la chaleur d'un foyer après ces mois
d'emprisonnement. Je m'assois à la table, et dans leur délicatesse et
leur dévouement féminins, elles me servent à manger et à boire.
Madeleine me susurre à l'oreille

Madeleine

Non mais ça va, on n'est pas tes bonnes !

Pierre

J'espère que c'est pas trop chaud !

Madeleine

gnagnagna

Voix off
En raison d'un mouvement de grève, inopiné, mais fréquent à
Radiofrance, nous ne sommes pas en mesure de diffuser la suite de ce
programme. Votre fidèle serviteur Pedro et son équipe, s'en excusent. et
vous remercient de votre compréhension. Musique !
on commence à entendre Dirty Old Town.

Madeleine et Julie
Merde !

Rideau

Scène 6
Jésus et les deux larrons crucifiés

Larron 1
Non mais j'ai fait que voler, moi, pourquoi on me fait partager ce calvaire
avec lui !

Larron 2
Vrai ! Les violeurs d'enfants, ça devrait être mis à part !

Jésus
Excusez-moi messieurs, mais je n'ai jamais commis un tel acte !

Larron 2
Mouais, c'est tout comme !

Jésus
Quelle pensée rétrograde ! Pardonne-leur, ils ne savent pas ce qu'ils
disent ! Je vous ferai remarquer qu'il s'agit d'une orientation sexuelle,
rien de plus.

Larron 1
Et tu veux qu'on te croit ?

Jésus
Plutôt trois fois qu'une !

Larron 2
Ah ! C'est gênant ce truc !

Jésus
Je vous assure que de porter Lacroix dans quelques siècles, ce sera tendance.

Larron 2
Fais pas le malin ! Tiens toi droit !

Jésus
Je voudrais bien, mais ils ont trop enfoncé les clous, je leur avais dit de faire attention, pourtant. Ça chatouille quand même !

Larron 1
Chochotte !

Larron 2
En même temps...

Jésus
Vous stigmatisez !

Larron 1
Tu peux parler !

Jésus
Aïe !

Larron 1
Eh voilà ! Jésus crie ! Chochotte !

Jésus

Je vous remercie de votre compassion. Mais un jour, le monde sera tolérant et se repentira, on regardera mon image, symbole de la différence, et on cessera de diffuser les stéréotypes malencontreux et les lynchages honteux, parce qu'on comprendra que l'unique chose qui compte, c'est l'amour envers son prochain, peu importe la couleur, la nationalité ou le genre.

Larron 2

J'ai un truc à confesser…

Jésus

Je voudrais bien, mais j'ai les mains prises…

Larron 2

T'es beau Jésus.

Jésus

Merci Larron, j'espère juste qu'un jour l'homme n'aura plus besoin de souffrir pour être beau.

Noir

Acte 4 – Épilogue

Ambiance plus obscure dans l'appartement de Jef.

Scène 1
Julie, ventre de 9 mois, attend. Musique piano. Entre Jef

Jef

D'accord... Il s'en est passé des choses pendant mon absence...

Julie

Pas tant que ça.

Jef

C'est pour quand ?

Julie

Une semaine.

Jef

Tu vas le garder ? Oui, bien sûr ! Félicitations !

Julie

Tu n'es pas content ?

Jef

Si, si, enfin tu es jeune, j'imagine que lui aussi...

Julie

Jef...

Jef

Quoi, je le connais ? Je pense pas, j'ai jamais vu tes amis. Quoi ? C'est pas Pierre quand même !

Julie

Jef...

Jef

Ah tu l'as fait toute seule ! Bah j'ai rien contre la monoparentalité, mais bon, financièrement et au niveau de l'espace, ça va être compliqué de devoir être colocataire avec ton fils, t'y as pensé à ça ?

Julie

C'est ton fils Jef !

Jef

Ah ! Ah ! Pour ça il faudrait qu'on ait couché ensemble ! Non merci !

Julie

Salaud !

Jef

Oula ! Ça tourne pas rond ici ! Je sais que j'ai eu des démêlés à cause de la religion, mais je suis pas le Saint-Esprit !

Julie

Tu te fous de moi. Si t'en veux pas, tant pis, je me casse.

Jef

Mais comment veux tu que je sois le père, bordel ?

Julie

La veille de ton arrestation, Jef !

Jef

J'étais avec Madeleine !

Elle sort

Scène 2

Jef

J'étais avec Madeleine ! Je vais pas lui raconter tout ce qu'on a fait quand même ! Il manquerait plus qu'elle soit enceinte aussi celle-là !
Il va se servir un verre de rouge.
Entre Madeleine, l'air grave.
Ah Madeleine !
Il va pour la prendre dans ses bras, elle l'esquive
Hmm... Moi aussi ça me fait plaisir de te revoir... Je m'attendais pas à ça... T'as vu Julie ?

Madeleine

Il va falloir que tu m'expliques, Jef !

Jef

Jeffy ? Non c'est fini, ça aussi ? Un vol de tableau qui a mal tourné, une connerie, ça arrive, j'ai payé, c'est bon.

Madeleine

Pas ça.

Jef

Les lettres lues par Pierre ? J'ai peut-être dérapé par moments, la solitude d'un homme qui divague, mais tu vas me ramener à la réalité Madeleine !

Madeleine

Julie !

Jef

Mais elle pense que je lui ai fait un enfant, elle est complètement folle ! T'es la seule femme avec qui j'ai couché, je te jure !

Madeleine

On a jamais couché ensemble Jef.

Jef

Hein ? Ah, ok vous me faites une blague, très drôle, et puis son ventre c'est un coussin, j'ai pas vérifié, mais on s'y laisse prendre ! Bien vu ! Enfin je m'attendais pas à ça comme accueil. J'aurais préféré un truc plus traditionnel.

Madeleine

On a jamais couché ensemble. Et elle est bien enceinte.

Jef

Tu vas pas t'y mettre aussi ! La veille de mon arrestation ! Ou alors quoi, je suis fou !

Madeleine

Oui, peut-être. Sûrement.

Jef

Eh ben oui je suis fou, je te remercie ! Mais à ce point-là, je crois pas ! Vous vous êtes peut-être échangées dans le noir, parce que tu voulais pas le faire, mais elle oui. Je me suis demandé ce qu'elle faisait là le matin, et pourquoi tu étais parti...

Madeleine

Tu es fou, Jef.

Jef

Eh ben oui, je suis fou ! Fou à lier ! Mais ce gosse, j'en veux pas, c'est pas moi qui l'ai fait, si je l'ai fait, c'était sans le vouloir. Tu veux que je te dise ? Ça fait trente ans que je perds pied, que j'ai des migraines d'enfer, que je vois le futur, le passé, que tout se mélange ! Ironie du sort, je sors le jour de mes quarante ans, joyeux anniversaire, Jeffy ! A quarante ans, la déjante ! Le même cadeau chaque année. Mais cette année, j'avais espéré un autre cadeau, réel celui-ci. J'avais espéré que ce soit toi. Je perds pied, Madeleine, mais quand je te vois, quand je pense à toi, je touche au réel, je suis fou, fou de toi.

Madeleine
		Mais c'est pas le réel, ça ! Julie est réelle, ton enfant est réel, moi je suis un électron libre qui se cherche, je veux pas, je peux pas avoir d'attaches, un homme qui m'admire du matin au soir, qui m'idéalise, qui veut me posséder. Même quand j'ai cru que ça allait marcher, ça a foiré, parce que c'est pas possible, c'est tout. On essaie de se persuader un temps que le couple, c'est le but ultime, parce qu'on nous l'enseigne tout petit, parce qu'on voit tous les gens autour de nous qui marchent par deux, alors on culpabilise, on se dit que c'est nous qui déconnons, mais c'est un délire social, c'est tout, on rêve du mariage, des fois on se fait même baptiser pour pouvoir aller à l'église, mais c'est toi qui as raison : Jésus, au fond c'était pas le couple et la famille qui l'intéressaient, mais la liberté d'être soi-même. Et moi je suis femme, mais qu'est-ce que ça veut dire ça aussi ? Être l'épouse de quelqu'un, sa muse, au mieux devancer les attentes des hommes comme toutes ces filles dans les médias aujourd'hui ? Je maîtrise mon corps, je me fais refaire les seins sans que personne ne me le demande, comme ça j'ai le pouvoir total d'être soumise ? Ah ben je vais être heureuse comme ça, je vais occuper la place qu'on me demande d'occuper, c'est ça le bonheur, non ? Non, le bonheur c'est d'être libre, de n'appartenir qu'à soi-même... Ça me touche que tu me désires autant, Jef mais c'est pas moi que tu aimes, c'est une image de moi.

Jef
		Je veux t'aimer libre, comme tu es. Ne plus rêver.

Madeleine
		Tu aimes les femmes et il y en a une qui t'aime.

Jef
		Et qu'est-ce qu'on fait du diaphragme qui se soulève, de la

chaleur de nos bras ? De ce besoin de se voir ! Pourquoi est-ce que tu viens si régulièrement ici, Jeffy, Jeffy, c'est du vent tout ça ?

Madeleine

Je sais pas, j'en sais rien... Je suis faible moi aussi !
Elle sort

Scène 3

Jef va se resservir et s'allonge sur son lit, musique de Dirty Old Town.

Jef

Bon anniversaire Jef !

Soudain il est pris d'une migraine dévastatrice, cris lumières saccadées et irréelles, musique dissonante. Noir. Quand il ouvre les yeux un homme en noir, cagoulé, pistolet à la main se tient face à lui.

L'homme

Salut, tout seul !

Jef

T'as mis tes habits de lumière ! Je t'espérais un peu plus... sexy !

L'homme

Tu nous as insultés... deux mille ans d'histoire, il y a des choses, sacrées, qui ne se revisitent pas. Tu iras tout droit en enfer.

Jef

se levant

J'en reviens juste, si tu veux que je te raconte...
Tir de silencieux, l'homme disparaît laissant Jef mort.

Scène 4

Apparaît *Madeleine sur le seuil de la porte, timide, prête à s'abandonner.*
Jef...
Elle découvre le corps inanimé de Jef et se précipite vers lui, cri d'horreur.
Jef !

Rideau

Scène 5 Épilogue

L'appartement de Jef. Madeleine et Julie devant un couffin.
Scène maternelle. Musique de Jef de Brel sans paroles.

FIN

Edition : BoD - Books on Demand
12/14 rond-point des Champs Elysées, 75008 Paris
Impression : Books on Demand GmbH, Norderstedt, Allemagne
ISBN : 9782322095841
Dépôt légal : juillet 2016